그대의 미소가 꽃이 되는

김재분 제4시집

새미

시인의 말

네 번째 시집을 엮으면서 마치
첫 시집을 내는 것같이 설레고 염려스럽습니다.
갈피마다 제 모습이 부끄러운 마음입니다.
시는 오늘 나를 나의 자리에 서 있게 하는
보이지 않는 힘이었습니다.
시의 거대한 벽 앞에서 좌절하고 고뇌하는
큰 어둠이었으나 구원이었습니다.
열리지 않는 언어의 문 앞에서 더욱 깊이
더욱 무겁게 앓아야 했습니다.
시는 나에게 꿈꿀 수 있는 공간이고
신선한 유혹이며 사랑입니다.

격려 해준 가족들, 함께 한 문우들 고맙습니다.
바쁜 시간을 할애하여 발문을 써 주신

김윤배 시인께 감사 드립니다.
네 번째 시집을 읽어 주실 여러분께
기쁨 있으시길 기원합니다.

보태니칼 아티스트(Botanical artist)인
두 딸(해련, 해정)의 꽃그림을 넣어
올해 팔순을 맞는 남편 李昌鎬 님께
이 시집을 헌정합니다.

2014년 10월 詩靜苑에서
김재분

차례

시인의 말

제1부 마음 밭에 꽃씨를 뿌리고

제2부 그대의 미소가 꽃이 되는

제3부 바람의 시작은 어디인가

제4부 첫 느낌 그대로인 당신

제1부

마음 밭에 꽃씨를 뿌리고

옥잠화, 〈이해련 作〉

맨 처음 열리는 아침에

소리 없이 푹푹
내려, 천년처럼 쌓였다
순백의 빛이

새로 태어난 세상
맑은 미소를 받는
첫 아침
눈빛 사랑 하나 품는다

부끄러움을 덮어버린
적멸寂滅!
순백의 빛은 하늘의 용서인가

명상의 길을 내는
이 아침 눈 길
아무 발자국도 지나지 말거라
수묵화를 그려 두고두고 보리라

흔적도 없이 녹아버릴 눈
그래도 여전히 축복이다
지나감과 사라짐으로 이어지는 세상
머무는 것은 아무것도 없느니

〈나리〉

선인장 온실에서

사막을 간다
가시뿐인 세상
숨막히는 지열과 열풍 속에서
초록 몸을 지켜내는 가시

타는 갈증에도
꽃을 피우는
그대는
어디에서 아득한 힘이 솟는가

누가 건드릴까
초록잎 깊숙이 감추어
운명을 지키는 수문장
범접할 수 없는 영역이다

오늘,
내 몸 속으로
사막을 밀어 넣는다
타는 목마름을 견디며
꽃을 피울 수 있을까
가시 뿐인
나

사과밭에 가다

가을엔 사과밭으로 가야 한다
실한 과육 사이로
싱싱한 향기, 귀 기울이면
잘 익은 사랑 노래 들리고

붉음 다해 매달린 열매들
햇덩이 하나하나마다
잇몸 붉은 웃음소리
가지가 휘청거린다

실한 열매 추수하는
이 가을
얼마나 큰 기쁨인가

무게가 기쁨인 삶을
생각해 본다
지금
내 삶의 무게는 기쁨인가

오늘, 가고 있는 이 길
사과밭처럼 활력이 생긴다면
그건 기쁨이리

〈블루베리〉

무한궤도의 하루

오늘은
꼭꼭 숨어버리고 싶은 날
보이는 것도
들리는 것도 없습니다
종일 먹지 않아도 배고프지 않은
불협화음의 지뢰밭을 걷는 하루
천국과 지옥이 따로 없습니다
누가
미운 마음 갖지 말라 하셨습니까
여한 없이 지나 가련다고
안간힘 써 봐도 더 깊이 빠져드는
뿌리 깊은 노여움
앞뒤 좌우에서 도리질을 합니다
이건 아닌데
숨을 곳을 찾아 헤매는 추운 날
돌고 돌아 온 자리가
바로 여기, 숨을 곳이 없더이다
거미줄에 걸린 날벌레 같은

젖은 눈을 닦으며
공손하게 붓을 드는 순간
사랑, 용서, 감사 … 낱말들이 줄을 서는데
어느 노파의 말이 생각 납니다
"산다는 것
백지 한 장 뒤집는 것 같다"고 하던
누군가 조용히 타이릅니다

그래
우리가 가야할 길은 얼마나 남았을까
연민의 눈으로
쓰러진 마음 다시 일으켜 세웁니다

〈알스트로메리아〉

마음 밭에 꽃씨를 뿌리고

모를거야 넌
수시로
내 마음에 손톱자국 내고 있었어
가시 돋힌 말로
못을 박는 사이
내 속엔
너를 향한 미움이 살고 있었지

자꾸 미워지는 내 마음
너를 용서 하려고
화해 하려고
마음 밭에 꽃씨를 뿌렸지
꽃을 기다리는 동안
"일곱 번까지가 아니라, 일곱 번씩
일흔 번까지라도 용서 해 주어야 한다"는
말씀을 읽고 또 읽었지

몸에 난 상처는 치유 되지만
마음에 난 상처는
아물지 않을 때가 있었지

밭을 갈고 씨 뿌리면
꽃 피어나듯
마음 밭에도 화해의 꽃이 피어
용서 될 것을 믿는다

안면도에서
― 일몰

수평선 끝
붉은 햇덩이
물속으로 숨어버리는데
뚝, 떨어지는 가슴
임종처럼 허망 합니다
이제는 볼 수 없는 얼굴
먼 수평선 걷어 올리러
달려가고 싶습니다

일몰이 지는 가슴 속
되돌릴 수 없는 아픔들이
붉게붉게 번지는 서녘 하늘
어두워지는 허공에 겹쳐지는
그대를 불러 봅니다

〈접시꽃〉

산당화

절정의 꽃그늘, 그대의
소식 날아 들 것 같은
한 낮
꽃가지 꺾어 놓고
혹여 찔릴까
가시 잘라 냅니다

망설이다가
붉어진 마음, 곱게 묶어
한 다발 산당화
그대 앞으로 보냅니다

그대에게 닿을 것만 같던
이 봄
뻐꾸기 소리 멀어져 가고
송홧가루 날리는데

그대의 깊은 침묵은
그리움만 더 붉어질 터
행복한 외로움에 잠길

〈산딸나무〉

우물가에서

내 모습 들여다 봅니다
일상에 갇혀 살아 온 날들
아직,
흔들리고 있습니다

물거울 속
깨끗한 수심은
늦게 철들어가는 아이처럼
퍼내면 새롭게 고이는 샘물처럼
영혼을 깨우는 사유의 깊이입니다

일상에 갇혀
흔들리는 매 순간
샘물 고이 듯
샘물 차오르 듯
흩어진 마음 다스리는
고요 속에
이제사 자리 잡는
내 성찰의 깊이

어린 싹의 뿌리를 내리며
— 수련

순을 따 유리잔에 심었는데
어느새 뿌리를 내리기 시작 하였다
뿌리 내린 고것 지켜보는 일이
하루의 위안이고 희망이었다
그러던 어느 날
유리잔 안에서 죽어버린
어린 싹을 발견하고는 안타깝고 허망했다
유리잔에 물을 붓고 아침을 기다렸으나
되돌릴 수 없는 일
어린 뿌리가 말라가며
한 모금의 물을 얼마나 찾았을까
건조한 나의 시간을 헤매느라
어린 뿌리의 갈증을 알지 못했다
이제는
살아날 수 없는
말라버린 뿌리를 보면서
살아있음의 환희를 알아가는 시간
사랑이 어떻게 시작되는지를
나는 알았다

눈물어린 무지개가 뜬다

나이 든 가슴은
많은 색깔을 갖고 있는지

눈 쌓인 겨울에는
보랏빛 추억이 달려오고

꽃 피는 봄날에는
갈색 고독이 일어서고

초록이 싱그러운 날에는
붉어진 그리움이 밀려들어

피어나는 기쁨 속에
스러지는 슬픔을 함께 생각한다

보이는 것 모두를
가슴으로 바라보는 노년은
날마다, 날마다
눈물어린 무지개가 뜬다

〈클레마티스〉

동물원에서

입 꽉 다물고
무심한 듯 앉아 있다
사자가

불같은 욕심을 품고
착한 척
불덩이 눈빛이다

그러나
갇혀 있는
그대여

〈송이버섯〉

호숫가의 어느날

비 내리는 호수를 바라봅니다
흐린 안개 속
물의 메아리 멀리
갈대 스치는 바람까지 고요합니다

저 물길 깊어
파문 가득 번져도 고요한 것인지
골짜기 작은 호수에
밝고 얇은 소리
멀리서 오는 고요에
젖은 가슴 잔잔히 떨려
차오르던 미움까지 그리워져
다시 닿을 것만 같은 날

보이는 듯 들리는 듯
다가오고 떠나는 환영幻影
기댈 슬픔 하나 일어섭니다

눈물의 詩

그대 떠난 봄 밤
푸른 달빛은
눈물의 시였습니다

봄비 속에
하얗게 지는 꽃잎도
눈물의 시

잠 못들어 뒤척이는
그리움도
눈물의 시였습니다

〈시클라멘〉

불면증

빗물 떨어지는 소리만 들립니다
적막과 고독, 잠 오지 않는
깊은 밤에는 빛과 어둠
온갖 상념들이 불 밝히듯 일어서고
옹이 되어 풀지 못한 질문에
해답 없는 긴 침묵
밤마다 허공을 기어오르는 시지프스
뒤척이다
뒤척이다
커튼을 젖히면 하염없는 빗줄기에
가로등 불빛도 함초롬히 비에 젖고
아득한 그리움의 내 슬픔은
못 다한 말이 빗물로 지는 밤
마음의 모서리에
때때로 막막함이 흐르는

나는, 시인인가

세 사람을 아시나요
꿈 속에 사는

한 사람은 광인(狂人)
또 한 사람은 연인(戀人)
또오 한 사람은 시인(詩人)이래요

시대의 개벽 같은 이상
나타샤를 사랑해서 눈이 내린다는 백석
이별의 길에도 진달래를 뿌리겠다는 소월

오직 깨끗한 사랑 하나로
맑은 영혼을
자유롭게 풀어 갔던

끝없는 상상을 하는 광인이여
달빛 속 보헤미안의 연인이여
언어의 수작을 펼치는 시인이여

꿈 꾸고 바람 타는 여인
나이만큼 철들지 않은
시인 인가
나는

눈밭에 추억 하나

그 날처럼
오늘도 눈이 내리고 있습니다

그를 보내기로 결심한 그 날도
눈이 내렸습니다
그를 보내는 간이역, 눈물에 어려
아무 것도 보이지 않았습니다
보내고 나면 남는 것이 없는 줄 알았습니다
그에게 갇혔던 시절은
어느 시간을 동행 하는지

긴 겨울 지나 추억도 멀어져
눈밭에 꽃을 찍었습니다

아직도
내 안에 남아 있는
스물 셋 앳된 사랑
눈 쌓이는 길에서
보내고 남은 진실은 무엇이었나

〈스노우플레이크〉

사철 속내 들어내는 나무

연초록 햇살 머금고
사랑을 키우는 속삭임
잎새마다 줄줄이
일어서는 봄

녹음 짙은 근육질 잎새들
튀어 오르는
푸른 물고기 떼

붉게 물든 잎새마다
춤추고 포옹하는
화려한 무도회장

하얗게 고백하는
빈가지로
가슴 앓이 하는 사랑

나는 오랫동안 물들었던
속내 한 번 드러내지 못하고
황혼의 비수만 꽂히는데

부럽구나
계절 바뀌 잎 틔우고
꽃 피워 열매 맺는
사철 속내 들어내며 사는
나무들이

제2부

그대의 미소가 꽃이 되는

원추리, 〈이해정 作〉

모닥불 앞에서

아주 오랜만에 오직
따뜻함만을 나누는 마음들이
둘러 앉았다 끝없는
옛 이야기에 조용히 타들어가는
모닥불
꺼지지 않는 그 뜨거운 깊이를 아는가
부스럭거리며 타는
서러운 사연들
내가 버린, 너의 배반이 막막하던 한 때
대책 없던 방황의 형상들이
불꽃 속으로 들어선다
이제 활활 탈 수 없는 땔감이 되어버린
목숨 다한 사연들
조곤조곤 깊어가는 자리
아프고 캄캄했던 그 때가 아련한 지금
아주 오랜만에
모닥불 같은 가슴이 되어
은근히 뜨거워지는

〈제라늄〉

그대의 숲

이제는
숲을 풀어
푸른 씨앗을 묻겠습니다
무성한 잎 달고
그대 위한 꽃을 피우겠습니다
산새처럼 노래 불러
그대, 일어서게 하렵니다
모든 걸
그대 어깨 위에 맡기고
높은 소리로
그대를 부르겠습니다
그대 위한 노래
늦도록 부르겠습니다

〈무스카리〉

행복한 동행

천천히 가십시다
당신과 나
이제는
시름 다 접어 날리고
힘들 때
외로울 때
소리쳐 부를 수 있는
당신 앞에 내가, 내 옆엔 당신이 있습니다
잠오지 않는 밤엔 두런두런
흘러간 노래도 따라 부르고
우리는 친구처럼, 연인처럼 행복 합니다
사람이나 물건, 풍경까지도
바라보는 것만으로 충분한 마음
살아 갈 날보다
살아온 날이 많아지면서
시간과 계절은 너무 빨리 달아나
사랑이 아니고는 건너기 힘든
단 하루도 소홀히 지낼 수 없는
우리는 석양의 연인
배경으로 깔려 있는
사랑 안에서
천천히 가십시다

어느 편지

곱게 물든 노을 앞에서
위로 받고 싶어
물든 詩를 쓰는데

갈바람 묻어 온 편지
가을이 가기 전에 온다고
다정하고 편안한 시간 그립다고
나이만큼 깊어지는 자리에도
눈빛으로 말하는 그대
바라보는 기쁨이 있다고
사유의 깊이에서
시간을
풍경을
포도주를
여유 있게 음미하면서
고향 같은 마음으로 얘기하고 싶다고
그대 모습 떠올리면
웃음으로 새 아침 눈을 뜬다고
가끔은 침묵도 좋다고

사슬 없이 진실한 그 마음
가만가만 간직하고 싶다

나의 詩 그대는

그대는 나의 허기
그대는 나의 사랑
그대는 나의 자유
그대는 나의 구원

내가 시를 앓고 있을 때
나의 요망을 채워주는
그대는
최상급 오르가슴
나의 시어!

〈후크시아〉

밥 먹는거 좋더라

이제는
설레이는 사람보다
편한 사람이 좋더라

이 나이에는
마음 따스한 사람과
밥 먹는 거 좋더라

有情한 눈길 아니어도
밥 한 번 먹자는
마음 담긴 인사가 좋더라

영원히
철들 것 같지 않던
나
밥 사는 거 좋더라
밥 먹는 거 좋더라

〈양란〉

다시, 그 강가에

아직도
두근거리던 유년의 무지개
그대의 가슴에 뜨는가

잔물결 반짝이는 강가에서
조약돌 주워 힘껏 던지면
물수제비 하나, 둘, 셋
손뼉 치며 환호하던
그 강가를 걷고 있네

발끝에 밟히는 수많은 조약돌
강물 위로 던져보지만
힘없이 떨어지는 돌팔매일 뿐
물결만 나를 어루만지네

반짝이던 그 시절 가버렸어도
추억은
황혼의 가슴에 뜨는
무지개
물보라 꿈은 살아가는 힘
그대, 지금 어디에 있는가

그리움의 무게

내 그리움
서럽고
아름답다

바람 같이 가는
오늘도
그리움만 쌓인다

그리움 쌓이면
눈물도 쌓이겠지

그리움에 약을 치면
눈물은 마르려나

마르면서 젖는
그리움
그 무게는 얼마나 될까

〈튤립〉

혼자 있을 때

그리움이 들어서는 시간
순간순간이 묻혀갔어도
햇살 가득한 날 혼자 있을 때는
보이는 것
들리는 것 모두 노래가 되는 시간
큰 소리로 불러보는
옛노래는
그냥 슬퍼도 좋다
변화를 꿈꾸던
그 시절 떠나갔어도
오늘은 풀물 든 가슴
마음속에 길이 있어
멀리 떠난다

필 수 없는 꽃

언제부터인지
마음 한 쪽에 잔물결
끝 없이 피어난다고
말 한다

가슴 조이며
오는 것처럼
그리움 채우며 가는
저무는 길

봉오리 달고 있다 한들
필 수 없는 꽃
피는 듯 지는 것이
지금, 내가 사는 법이라면
누구 하나 버리는 것인가
누구 하나 잃는 것인가

그리움 붉어
끝 없이 피어나도
움추린 채 닿지 못하는
저물어 오는
깊은 영혼의 바람

목련이 지고 있네

꽃가지 저리 환 한데
너무 높아
끌어안지 못 했네

기어이, 기어이 지고 있네
떨어져 내리는 꽃잎

꽃그늘 좋은 날
건배도 미뤄두고
꽃잎 부드러운 입술도 닿지 못하고
목련 지듯
어느 세상으로 가고 있는지
어디서 그 좋아하는 노래를 부르고 있는지

한 낮이 지나도록
지는 꽃잎을
쓸어내지 못하는
소리칠 수 없는 아픔

바라볼수록 눈물 나는
꽃이여
꽃이여

〈불칸 목련〉

찔레꽃

한 때는
기다리는 기쁨도 있었다고

무슨 한이 깊어
우거진 수풀 속으로만
하얗게, 하얗게 숨어 드는지

목메이는 그리움
안으로, 안으로 깊어져
향기 더욱 짙어라

한낮 지나면 시드는
꽃잎
아쉬움의 그늘에서
깨어나지 않는 잠속에 들어라

그대는 아는가
아무도 모르게
하얗게 앉은 눈물
홀로 피어 지는
사랑을

〈앵초〉

빈 들 같은 가슴

마음 열어 기대고 싶은 날이 있다
빈들 같은 가슴
따뜻한 말이 그리울 때
나와 함께 늙어 온 내 그림자
내 마음 알 수 있을까
몸 따라 마음 늙으면
그때나 평정을 찾을 수 있을까
아직도 끝나지 않은 내 안의
바람의 소리
얼마나 긴 시간을 보내야
가벼워 질 수 있을까
마른 나이에도 끊임없이 밀려오는
그리움
아쉬움
그리고
기다림
모든 것은
마음이 일으키는
반란이란 걸 알면서

어떤 오후

나이가 들어가면서도
가끔씩 싸한 바람이 든다

휑한 가슴
스산한 가을바람 같다가 때로는
봄을 밀쳐내는 동백꽃처럼 붉어지는

길을 가다가
꽃무늬 스카프 한 장을 골랐다
주름진 목을 감고
목청껏 소리치고 싶다
나이가 무슨 상관이냐고

마음은 깊고 푸른 청춘
아직도 목마름 많아
설레는 가슴인데

봄이 오면 다시
피어 누구의
꽃이 되고 싶다

꿈이 있는 여인은
청춘이라 했던가
아름답다 했던가

〈동백〉

여름 끝자락

새싹을 기다리고
꽃을 바라보는 기쁨으로
꽃밭은
아름다운 성이었다

장마와 폭염지난 꽃밭은
약속하듯, 앙다문 씨방들
영글어 가고
휑한 꽃밭을 햇살이 위로 한다

비바람 아팠던 시간도
엮어두면 미소 되듯
여름 끝자락
세월의 산마루를 하나 또 넘는
여름이 지나가고 있다

외롭고 불안한 시간에는

나를 들여다보는 시간이
많아지고 있습니다

외롭고 불안한 시간에는
내 안에 잠들어 있던
그 분이 나를 붙잡아 줍니다

나를 다스리는 말씀은
맑고 깊어
조금씩 친해져
고요에 닿는 울림으로
훨씬 강한 마음이 됩니다

새로운 자신감으로
중심을 잡을 수 있는
나만의 기쁨이 있어
외롭고 불안한 시간이
환희의 시간이 되기도 합니다

친구는 떠나고

생각할수록 좋은
친구
마음을 읽어주며
즐겁게 노래 불렀지

오래된 팝송에서
묻어나는 향수 같은
편안함은
축복이며 행운이었지

마음을 알아가는 시간은
좋은 시를 읽을 때처럼
여운이 길고
잔잔한 기쁨이었지

그대는
연인 같은 친구
조용한 사랑이 되는

〈후리지아〉

그대의 미소가 꽃이 되는

나는 꽃길에 들었다
벚꽃 가지는 차양을 치고
마음은 꽃구름 속에
갇히고

맘껏 벌어진 꽃사태
제 그늘 만큼 어우러져 속삭이고
얼얼하게 가슴 파고드는 이
저만큼 올 듯도 한데

어쩌자고 봄은 오고
어쩌자고 꽃은 피는지
어김없이 찾아오는 봄처럼
그대여, 내 곁으로 오라
늦도록 오라

그대 생각만으로
꽃길에 피가 돌고
그리움, 그리움으로
환해지는 꽃길

그대의 미소가 꽃이 되는

제3부

바람의 시작은 어디인가

프리틸라리아, 〈이해정 作〉

봄바람

그 향기
어떻게 번져 왔는지
가만히 있을 수가 없네

꽃 잔치 펼쳐 놓고
그냥 두지를 않네

들뜬 봄
아지랑이 유혹인가
나이들면 나아지나 했더니
어지러운 꽃잎이네

설렘의 기지개를 켜는
연가, 가슴 속에 퍼져도
때 없이 허약한
발돋음

나른한 봄길에 스치는
그 향기로
피돌기를 시작하는
나의 오후
가슴 뚫리는 바람이네

〈족도리풀〉

당신의 저녁

누가
여기까지 함께 왔는가
강산이 변한다는 몇 세월을 장하게
장하게 맥박쳐 왔습니다.

새벽에 솟는 샘물처럼
부풀어 오르는 희망 품고
푸른 가슴으로 달려 왔습니다

삶의 갈피에서
때로는 밝고 투명한 수채화도 그리고
때로는 덧칠하는 유화도 그리며
여러겹의 무늬도 만났습니다

이제는
고달픈 시공을 지나
희망을 보관시킨 푸른 종소리
열매들 사이에서 울려 옵니다

대대손손 지켜 낸
오랜 터전에서
황혼의 길을 가는
당신은
찬찬이 고이는 샘물입니다

〈딸기〉

목련 필 때

확~
피어 날 때
그 환희로
내 그리움 전율 하더이다

그대 뚝, 뚝, 질 때
그 허무로
속울음 울더이다

내 사랑은
짧은 시간
피고
지는
그런 꽃이 아니라고
아니라고

애틋한
내 사랑은
진실 하나로 피는
영원한 노래더이다

어떤 사랑

사랑은 외롭고 긴 행복이런가

늘, 마음 속에서 빛나는 얼굴이라고
그러나 황홀한 고립이라고

그대
나에게 오는 것을 막을 수 없다
바람처럼 왔다가
바람같이 떠나는 자유를 허락했다

봄
여름
가을
겨울
계절이 지나가듯 그렇게
시작과 끝이 공존하고 있었다

잡을 수도
놓을 수도 없는
그대, 이미 발목 삐고
눈 멀어 멀리 갈 수가 없다고

너에게
날개를 달아 주고
슬픔을 알았다

오월 세상에서는

나비의 마음이 된다
오월 세상에서는
아침 햇살,
초록 잎새마다 사랑 쏟아
꽃 지는 자리마다 잎새달고
내 가슴 초록물 들어
나를 깨우는 오월은
오랜 소망 하나 풀릴 것 같은
기도가 있다

마음 헹구는 녹음
새순 돋을 것만 같은
그 사랑
천지에 아카시아 향기 풀어
내 가슴은 풀빛
그늘도 밝은 오월 세상에
내 사랑 피어나는 기쁨
속 이파리 피어나 듯 오는
그대

〈만데빌라〉

내 안에 네가 있다

너는
초록빛 그리움

가슴 깊이
너를 채우면

나뭇잎 띄워 보낸
시냇물처럼
긴 여운

네가 있어
내가 있다
늘,
내 안에 네가 있다

참, 환한 풍경 하나

바람의 꼬리를 잡고 있다
건들이면 흩어질
민들레 씨방
아슬아슬

솜털에 간직한 꿈
신명나게 훨훨 높은 곳
넓은 세상
어디든 갈 수 있는 바람에
얹혀 가다가
동글동글 파꽃 등에
내려 쉬는
참, 환한 풍경을 본다

우리 사랑도
부풀어 오르는 이 봄
사슬 풀어 나르고 싶다
당겨 오르는 가슴
하늘 가득히 풀어 놓는
한나절

〈민들레〉

바람의 시작은 어디인가

바람 속에 너와 내가 있었다
언제나 그쪽에서 시작 되었다고
할 수 있을까 아니
약속처럼 시작 되었는지도 모른다
형체 없는 바람처럼
아지랑이처럼 잡히지 않은
마음, 서로가 추억 속의
바람을 타고 있었다
그러나
그 바람이 서로에게
무겁다거나 가벼운 건 아니다
젊은 날을 데리고 오는
바람이고 햇살이었다
너와 나
햇살이 되어
끝 없는 바람 속을 갔다
마음은 봄의 들판 언제나
설레이는 나날
바람 없는 날은
서로가 무거움에 젖었다

다시, 화장化粧 하던 날

오늘, 섬이 된 나
누가 나를 불러 줄까
누가 나의 가슴을 열어 줄까

밖을 보다
누었다
서성이는데

"메세지 도착 했습니다"
핸드폰이 외친다

문득문득 보고 싶던 그 사람
이심전심이라는 그 말 이런 것인가

사랑한다는 말 아껴
문 밖에 서 있던
그의 푸른 고백을
수신하고

곱게
립스틱을 바른다
속눈썹도 올리고

〈아네모네〉

내 마음

꽃잎에 바람 스치듯 여리지만
때론
바위처럼 굳세다

때론
시냇물처럼 유순하지만
천둥 번개에도 꿈쩍 않는다

들꽃 향기처럼 부드럽지만
때론
까칠하고 차갑다

노여움에 무너지는 마음이지만
비워내고 풀리면
고까짓 것 소풍 같다

어디든 날아갈 수 있지만
그대의 곱다운 눈빛에
좋은 마음 품는다

때론 엉성한 돌담 같지만
詩의 세상에 들어서면
물가 조약돌로 촘촘하게 앉는다

보름달

동그라미 저 달은
잘 익은
사랑 하나

먼 기별 같아서
환한
가슴이네

그대 속으로 들어가는
이 밤이사
홀로라도 가득해라

달밤을 앓고 있는
나에게
달빛보다 더 밝은 미소로
오는 그대

나,
달빛에 갇혀
소리 죽여 비명지르네

〈가자니아〉

장미 숲에 가면

우울할 적에는
향기 번져오는 장미 숲에 앉을 일이다
마음은 꽃빛같이 곱고 뜨거워져
하루치의 기쁨이 와 그 우울 풀어 줄테니

가장 가까이에서
무심히 찌르는 가시가 많은 날에도
향기 번져오는 장미 숲에 들어설 일이다
마음은 꽃잎같이 부드러워져
가시 돋친 분노 사랑으로 용서 할테니

〈장미〉

내 생의 가을이 오는데

곱게 지는 노을 앞에 서면
마음으로 바라볼 수 있는 것이 늘어간다
세월을 밀어 낼 수는 없는 것
나에게 맞는 속도를 따라가야 하는데
어떻게 하면 품위 있게 나이를 먹을 수 있을까
썰물로 나간 해변처럼 마음 비우면 되는 걸까
시간을 따라 가면서 걷는 내 발자국
곱게 물든 가을의 향기가 번져야 하는데
무엇 때문에 바쁘게만 살았는지

파도 치던 가슴도
그믐밤을 헤매던 방황도
다 가라 앉으니
이제는
혼자 있는 시간의 자유
모자람에 이르는 길도
채움이라고
나이를 거듭하면서도
기쁨이 있다는 것을 알아가는 시간
내 생애 사유 하나 더 얻으며
순수해지는 저녁

사랑에 대하여

사랑이라는 말 설레임 입니다
사랑을 하면 마음 속에
미소를 만드는 일
투명한 마음도 알아가는 길입니다
조용히 타들어가는
모닥불, 그 뜨거운 깊이를
품는 안식처입니다
햇살의 마음도 배워
세월가면서 아름다워지는 일 입니다
오직 한 곳으로 흐르는
기쁨이고 갈망입니다
깊이 사랑 하는 것
갈수록 살아가는 힘이 됩니다
그러나
어떻게 다 말 할 수 있을까요
어떻게 다 알 수 있을까
사랑을

장마 지난 풍경

파란 하늘에 떼를 쓰고픈
오늘입니다
태양은 거침없이 내리고
능소화 고개 들어 더 맑은 하늘
흰 구름 따라 흐르는 그리움
눈물 한 방울 뚝 떨어질 것만 같은 날
바람도 흐르고
마음도 흐르고
사슬의 끈 풀어 어디든 가고 싶어
상상의 날개로 파란 하늘 나르는
마음,
그 좋던 시절이 확~ 다가올 것만 같은
흰 구름 떠가는 하늘
혹여,
파아란 하늘같은
소식 오려는지

〈능소화〉

눈물 뿐인 이름

호수에 던진 돌멩이처럼
허망하게 사라진
이름
부르면 눈물이 날 것 같은

작별의 말도 없이
묵묵히 떠난 먼길
내리는 봄비는
젖는 가슴에 보내는
마음인 듯 더 젖어 오고

유난히 꽃이 많은
이 봄, 길 잃은 바람 속
그리운 말 꽃비로 날려
꽃길 길게 놓인다한들
돌아올 수 없는
눈물 뿐인
그 이름

〈상사화〉

내가 詩를 쓰는 것은

물 한 모금 찾아 뻗어가는 뿌리처럼
목마름이 시를 일어서게 합니다
시가 찾아오는 어떤 시간은
쿵 하고 가슴이 울립니다
정신 번쩍 들고 싶어 시를 씁니다
사는 것이 허망할 때 위로 받고 싶어 시를 씁니다
좋은 시를 만나면 행복해서 또 시를 씁니다
끊임없이 생각하고 꿈꿀 수 있어 시를 씁니다
영원처럼 적막하고 외로울 때 마주서는
따뜻한 목소리 들려 시를 씁니다
내가 무슨 일을 이렇게 끊임없이
열심히 할 수 있을까 스스로 대견해서 시를 씁니다
시는 다른 곳에 눈 돌리지 못하게 합니다
젊은 날의 잃어버린 것에 대한 절규,
내 갈망의 아득한 공간에 마음 쏟아내면
시원해서 시를 씁니다 그러나 시는
깊고 무거운 병이기도 합니다
시의 벽 앞에서 끊임없이 좌절하고 절망하기도 합니다
구원으로 이르게 하는 길이기도 합니다
열리지 않는 언어의 문 앞에서 더욱 깊이 더욱 무겁게
시를 앓아야 할 것입니다
나에게 시는
일상적인 기도인지도 모릅니다

제4부

첫 느낌 그대로인 당신

나팔꽃, 〈이해련 作〉

환한 봄날

작은 꽃들이 무리로 앉아있다
나도 작은 꽃이 되어
그 옆에 앉는다
터질 듯한 냉기를 견디며
열망의 눈으로 봄 햇살 따라 왔다고
눈빛으로 말하는
작은 꽃들
뭐라 했던가
이름 없는 꽃은 없다는데
그래, 이름을 알아야할 이유는 없지
아가처럼 웃으며 나를 반겨 주었고
나도 앙증스런 얼굴 보러 다가간 거고

봄날도 환한 봄날
가르치지 않고 느끼게 하는
작은 꽃들아
곱게 곱게 피어나라
세상 환하게

〈제비꽃〉

잡초를 뽑으며

풀을 잡아 보겠다고
온 몸이 쑤시도록 뽑아내고
가장자리로 몰아 보지만
흙을 움켜쥐고 덤벼든다
낫 자루든 호미자루든 잡히는 대로 들고
몰아 보지만 나를 몰아내겠다는 태세다
풀을 잡기는커녕 되레 풀한테 몰려
고추밭, 파밭, 뒷마당까지 다 내주고
두 손 들었다

뽑히지 않으려고
흙을 움켜쥐고 덤비던 풀
물오른 몸을 풀고 있다

흙도 풀뿌리를 놓으려 하지 않는다

대지의 품속에선
하나, 하나 목숨인 것을
마주 싸운 내가 부끄럽다
부끄럽다

첫 느낌 그대로인 당신

첫 만남의 기쁨이
바로 어제 일만 같은데
어느덧
은발이 되었네요

살면서 많은 것이
묻혀지고 잊혀지지만
첫 만남 그 때
그 목소리
그 눈빛은
최고의 느낌이었지요

모든 처음은 신선하고 아름답다하지요
세월 흐른 지금
첫 느낌 그대로인 당신
아직도
그윽한 당신의 미소는
나의 뜰을 밝히는
등불이어요

〈해바라기〉

6월 정원에서

줄 장미 축제 열리는 담장
아침 햇살 눈부시게 쏟아진다

이름 불러보는 꽃들이
가슴 뛰게 하는데
보라색 붓꽃 맑은 얼굴
추억의 소년이 달려온다

아련한 그리움 속
어릴 적 꽃밭이
가슴을 적셔 준다

모퉁이 작은 꽃밭에서
백일홍
봉숭아
채송화
생글생글 나를 바라본다

원추리
옥잠화
꽃대 올리고
날마다
순한 꽃이 되어지고

〈아이리스〉

감자꽃

저, 실하게 핀
하얀 감자꽃
자주 감자꽃
보면서 웃는다
언제
우리가 꽃의 항렬(行列)에 넣어
꽃이라 불렀던가
꽃으로 보았던가

흙의 향기 머금고
뿌리가 무겁도록 키우는
뚝심, 소담한 꽃을 보니
실하게 쏟아져 나 올
감자알들
얼마나 큰 기쁨인가

이제는 꽃으로 바라보는
장한 감자꽃

풀잎 사랑
—사랑초

햇살 설핏 기울면
목마름 같은 거
난 몰라라 착 붙어버리는
사랑초 요것들

밤마다 요염한
자주빛 입술
사랑의 카멜레온

밤의 장막을
유난히 기다리는
황홀한 요정
사랑초 고것들

〈렌던로우즈〉

좀쓸바귀꽃

노란얼굴
노란웃음
뜰 안에 가득

살붙이 그리운
한 낮
멀리 사는
손녀가 찾아온 듯
기쁨 주는
요것들

뜰 안에
벌 나비 불러
나를 위로하는
노란 얼굴
노란 웃음

살붙이들

꽃그림 전시회
늦은 도착으로 가쁜 숨 쉬는데
엄마, 부르며 달려오는
불혹이 넘은 내 딸들, 초등학교 때 소풍이나
운동회 날처럼 엄마를 반긴다

아침 설거지 하는데
어제 엄마를 반기던 모습이 떠올라
혼자 애틋하고 뭉클하여 글썽거렸다
가끔은 외롭고 혼자인 듯 한 날들
엄마, 엄마 부르던 그 시절이
그리울 때가 많다

쓸쓸하고 서글퍼질 때
불러만 주어도 기분 좋은 내 마음
아들이 엄마, 하고 전화 하는 날은
왜 그리 좋은지
너희들이 내 딸 내 아들이어서
그냥 좋다
든든한 울이 되어주는
살붙이들

〈가지〉

오늘, 나의 명상

날마다 생각에 잠긴다
나이만큼 깊어지는 자리
살아온 시간은 길을 만든다
이제라도 안팎을 닦아내면
마음의 모서리 둥글어져
세월 앞에 넉넉해지는 마음의 눈이 열릴까
손에 잡는 것보다 놓아 주어야 할
지혜를 배워가며
내게서 떠나는 것
내게 없는 것에 집착하지 않고
내게로 오는 것
내게 남은 것에 감사할 줄 알면
인생의 빛과 어둠이 녹아 든 향기가 날까
시간을 따라 가면서 사랑한 것도 하나씩
하나씩 내려놓는 것도 알아가며
지난날과 화해하면서 다가오는
시간마다 단순함과 편안함으로
나를 받아들이는
새로운 연습은 끊임없이
구해야 할 기도가 된다

4월의 뜰

소리가 올라온다

움 돋는
새순들 몸짓

빈 가지에서
속삭임 들린다

눈 뜨는 은행나무
새 이파리 감나무
꽃망울 목단

화들짝 뛰는
내 가슴
꽃문양 새겨지는데

사월의 뜰에
단 바람만 불어라

봄비 오는
마당 끝으로
소리가 올라 온다

달개비꽃

풀숲에 숨어
파랗게 바라보고 있다

수줍은 듯
잎새 사이 얼굴 감추고
미소 짓는
그대

마디마디 깊은
사랑이어라

〈자주달개비〉

봄이 순하다 싶었는데

올 봄이 순하다
4월이 오도록 변변한 꽃샘추위가 없다
꽃 보러 가자고 꼽아둔 날
잔가지 부러지는 강풍이 불어댄다
선잠 깬 새벽
벚꽃 터널이 어른거린다
비바람에 꽃잎 다 지면
또 일 년을 기다려야 한다
십리 벚꽃 길에 여린 홑꽃잎
하늘 가득 꽃비를 뿌리고
하얀 융단을 깔았을 터인데

그래
마음으로 바라보자
꽃비 내리는 십리 길에
알큰한 향기 번지고
이 봄의 연두빛 새잎
노랗고 발그레한
새 움 트는 파스텔화를 그렸을
십리 벚꽃 길

긴 기다림

먼
그대와 나
만날 날이 있을까

서로 다른 길목에서
꽃이 지고 있는데
다시 만나는
그런 날이 있을까

강물 굽이굽이
긴 기다림일지라도
그대, 나에게 올 수만 있다면
기다리이다
기다리이다

〈카라〉

환청인가

옛날의 그 노래 소리
그가 왔나

창을 열면
휘영청 밝은
달빛 뿐

가로등 사이로 지나는
바람 소리
흔들리는
불빛

아무도 없습니다

〈한련화〉

사랑

백조 한 쌍
호수에 노닌다

마주한 입맞춤
완벽한
하트

우아하고 하얀
소리 없는
사랑

유유히 떠 가는
한 쌍

참, 이쁘다

가을 숲길

낙엽 내린 숲길을
쉬엄쉬엄 걸으며 세상 시름 잊는다

사람들은 푸른 미소를 짓고
물든 숲은
참, 환한 풍경이다

파란 하늘은
눈치 없이 짙어만 가고
통나무 찻집은 여전히 붐비고

〈호랑가시나무〉

우리 정원 나무들

1
소나무 사이사이 옥잠화 원추리꽃
작은꽃 들꽃들이 만발한 마당 끝엔
연분홍 살구나무가 배경으로 서 있고

2
오래 된 향나무는 우리집 파수꾼
검버섯 핀 감나무 고매한 어른인 양
사시절 당당하구나 우리정원 나무들

3
산수유 대추나무 보리수 은행나무
긴 햇살 머금더니 잎 티워 열매달고
제 각각 몸속에 품은 향기 더욱 짙구나

4
봄 여름 가을겨울 덩치 큰 나무들이
의젓한 모습으로 우리집 지켜주니
날마다 고마운 마음 식구같이 예쁘다

봄날, 부소산성에서

1
부소산 태자 숲길 궁성의 후원에는
사비성 이야기가 곳곳에 배어 있고
영일루
해맞이 소원 백제왕실 번창했네

달 밝은 누각에서 왕조의 귀족들이
가무를 즐기는데 연못에 비추이는
궁남지
버들가지도 무희처럼 하늘거리네

2
백화정 절벽으로 날리는 산벚꽃은
그 옛날 백마강에 몸던진 궁녀모습
한 깊은
낙화암 전설 유람선은 아는지

궁녀들 넋을 기린 고란사 뒤편으로
삼년씩 젊어지는 약숫물 솟아나고
고란정
맑은 샘물은 고란초를 키우네

〈발문〉

갈증과 관조의 시세계

수국, 〈이해정 作〉

갈증과 관조의 시세계

김윤배 (시인, 문학박사)

그 때 우리들은 어디 있었을까

김재분 시인, 그 때 우리들은 어디 있었을까. 청풍명월의 도시, 청주의 남쪽에 자리했던 청주사범학교 병설중학교 교정은 왜 그렇게 넓어 보였을까. 햇살 가득한 교실은 낯설고 두렵고 너무 밝아 어디로 숨어버리고 싶었던 순간은 무엇이었을까. 그리고 사범학교 3년은 우리들을 어떤 모습으로 변하게 했었을까. 시인에의 꿈은 중학교 때일까 사범학교 때일까.

김 시인은 중학교 때도 사범학교 때도 키가 자그마하고 아름다운 소녀였다. 몇 번쯤 교정에서 혹은 복도에서 마주친 일이 있을 터이지만 난 시골에서 도시로 진학한 촌놈이어서 여학생들 얼굴을 한 번도 바로 보지 못했다. 사범학교를 졸업하고 뿔뿔히 흩어져 교단에 섰고 아득하게 잊혀져 서로의 삶을 가꾸어 갔다. 그리고 어느 날, 문득 시인이 되어 만났다.

김 시인을 시단에서 마주치게 되었을 때 혈육처럼 반가웠다. 우리들은 친구였으니까. 친구, 참 좋은 말이다. 나이를 먹는다는 것, 그리고 늙어간다는 것은 쓸쓸하고 슬픈 일이지만 친구는 쓸쓸함과 슬픔을 잊게 한다.

동창 친구는 공유한 기억이 서로 겹쳐 즐겁다. 기억의 뒤켠에는 거대한 푸라다나스의 엄청 큰 그늘이 있고 일본식 발음의 영어 선생님이 있고 풍금소리가 있고 가슴이 납작했던 이쁜 음악 선생님이 있다. 배시시 얼굴을 붉히던 남학생이 있고 훔쳐보던 여학생이 있다. 그런 친구의 시세계를 볼 수 있게 되어 떨린다.

나는 친구의 시편을 읽으며 유쾌해 진다. 친구의 내면을 관음하며 감동하고 전율한다. 그리고 그 울림이 어디서 오는가를 생각한다.

순간적으로 타오르는 세계의 열화를 보다

김재분 시인은 서정시인이다. 그것도 순수 서정시인이다. 그러므로 김 시인은 아무 것도 달성하려 들지 않는다. 사물들은 언제나처럼 그 자리에 있고 사물을 보는 시인의 눈빛은 순수하기만 하다. 그러므로 스스로를 영감에 맡겨 시인의 정조와 한 몸이 되는 시어를 찾아가는 일이 김 시인의 시적 자장이다. 이것이 핏서가 말하는 서정적인 주체 속에 순간적으로 타오르는 세계의 열화이다. 서정적인 주체 속에서 한 번 타올랐던 정조는 재로 변하는 것이 아니라 더 울림이 큰 정조로 창조되어 독자의 가슴에 던져진다. 김시인의 서정적인 시편들이 같은 자리를 맴돌지 않는 이유다. 김 시인의 시가 스스로를 지키는 것은 시편이 가지고 있는 언어와 변형되지 않은 이미지와 율려에 가까운 리듬이다. 비교적 단시의 형태를 잘 유지 하고 있는 시편들은 안으로 숨겨진 리듬에 의해 자기 자신 속으로 집중하고 회귀한다. 이 집중과 회귀는 김 시인의 시적 자아를 찾아가는 견고한 도정이며 확실한 언표이기도 하다. 시인에게는 우발적인 것이 존재할 뿐 실체는 존재하지 않는다. 무상은 존재하지만 영원은 존재하지 않는다. 세계의 순간적인 타오름은 순간의 성화에 가름한다. 순간의 성화를 통해 시편들은 영원성을 획득한다. 그러므로 진정한 서정시는 경이로움이다. 슈타이거가 서정시는 가장 개성적인 것이고 가장 고유한 것이라고 설파한 이유가 여기에 있다. 성화의 경이로움을 보여주는 시편을 만나게 된 것은 축복이다.

> 사막을 간다
> 가시뿐인 세상
> 숨막히는 지열과 열풍 속에서
> 초록 몸을 지켜내는 가시
>
> 타는 갈증에도
> 꽃을 피우는
> 그대는
> 어디서 아득한 힘이 솟는가
>
> 누가 건드릴까
> 초록잎 깊숙이 감추어
> 운명을 지키는 수문장
> 범접할 수 없는 영역이다
>
> 오늘,
> 내 몸 속으로
> 사막을 밀어 넣는다
> 타는 목마름을 건디며
> 꽃을 피울 수 있을까
> 가시뿐인
> 나
> ─「선인장 온실에서」 전문

「선인장 온실에서」는 김재분 시인이 서정의 주체 속에서 순간적으로 타오르는 세계의 열화를 극명하게 보여주는 작품이다. 이 한 편의 시를 위해서 얼마나 오랜 시간 온실의 선인장을 응시 했을지를 짐작케 한다. 오랜 응시 끝에 마침내 사막이 보이고 가시뿐인 세상이 보일 때 선인장은 선인장이 아니고 세상을 건너가는 시인 자신이었을 것이다. 숨막히는 지열과 뜨거운 바람은 시인이 극복해야 했을 정신적인 고뇌이며 현실적인 고통이었을 것이다. 시인은 어느덧 선인장으로 치환되는 자신을 발견하고 시인을 지켜낸 것이 다름 아닌 가시로 상징되는 의지였음을 고백한다. 첫 연은 이처럼 삶에 대한 강력한 의지가 돋보이는데 '초록 몸을 지켜내는 가시'에 이르러 숙연함을 느끼게 한다.''

둘째 연에서는 선인장에서 발견하는 무한 생명력의 경이로움이 펼쳐진다. 선인장꽃은 유난히 화려하다. 선인장은 작열하는 태양의 무한 에너지가 밀어올리는 힘을 내장하고 그것으로 화려한 꽃잎을 펼쳐 숨막히게 아름다운 유한 꽃차례로 승화시키는 것이 분명하다. 매일 열사의 폭풍이 몰아쳐 수없는 사구를 세웠다 지우는 사막에서 선인장은 결사적으로 수분을 저장하여 초록 몸을 지키며 꽃눈을 모래바람에 들키지 않으려고 안감힘을 썼을 것이다. 여기서 선인장꽃은 다름 아닌 김 시인의 시편들이라고 읽고 싶어진다. 그럴 것이다. 시편 하나를 얻기 위해 얼마나 넓은 사막을 건넜을 것인가를 생각한다. 시에의 길증을 어디에 비하겠는가를 생각한다. 시는 갈증이며 생명력이었음을 고백하고 있다고 읽는다.

'타는 갈증에도/꽃을 피우는' 선인장의 힘은 시인에게 다만 아득하여 외경스러울 뿐이다. 이 연은 이처럼 선인장의 무한 생명력에 대한 외경과 시적 자아의 지향이 엿보인다. 시인은 선인장의 아득한 힘, 그 열망을 향해 가고 있는 것이다.

셋째 연은 비의가 숨어 있는 연이다.

누가 건드릴까
초록잎 깊숙이 감추어
운명을 지키는 수문장
범접할 수 없는 영역이다

이 연의 비의는 '수문장'이다. 여기서 수문장은 선인장의 가시로 읽힌다. 초록잎을 깊숙이 감추는 역할을 할 수 있는 것은 가시 밖에 없을 것이다. 가시는 초록잎을 지키는 호위무사이며 선인장의 '운명을 지키는 수문장'이다. 첫 연에서 가시가 시인의 의지를 상징하고 있다면 셋째 연의 가시는 시인의 자존에 가깝다. 자존은 누가 건드릴 수 없는, 아무도 범접할 수 없는 개인의 고유한 정신이다.

시인의 자존은 고통을 고통이라고 말하지 않는다. 분노를 분노라고 말하지 않고 절망을 절망이라고 말하지 않는다. 시인의 자존은 이런 정서들을 긍정적으로 치환한다. 김재분의 시편들이 밝은 톤을 지닌 것은 자존 때문 일 것이다.

넷째 연은 사물과 시인이 일체를 이루는 연이다. 그 하나 됨이 동화이거나 투사이거나 상관 없다. 사물과 시인의 회통의 지점이 이곳이며 극복과 승화의 순간이 이 지점에서 이루어 지는 것이다. 마침내 '오늘, 내 몸으로/사막을 밀어 넣는다'라고 노래했을 때 사막을 밀어넣는 주체는 시인 자신이다. 그러므로 사막을 밀어 넣는 행위는 스스로 사막이 되는 행위이다. 사막에서 한 그루 선인장으로 서서 지독한 태양열을 견디며 초록 몸을 이루겠다는 결연한 의지가 있다. 아니다. 시인은 이미 사막에 놓여 있었고 사막의 악조건을 극복하고 지금 여기에 시인으로 서 있는 것이다. 시인이 건너온 세상이 이미 사막이었을 것이다.

'갈증을 견디며/꽃을 피울 수 있을까/가시 뿐인/나'라고 노래 했을 때 이 시행은 사막에서 매혹적인 꽃을 피워올렸던 시인 자신의 삶에 바치는 헌사로 읽힌다. 가시 뿐인 자신이지만 꽃을 피우고 말겠다는 시인의 결연한 의지로 읽히기도 하는 중의적인 연이기도 하다. 여기서 꽃은 시인의 시세계이며 생이기도 하다.

시편이 어째서 성화인지를 묻는 또 다른 작품은 「그대의 숲」이다.

이제는
숲을 풀어
푸른 씨앗을 묻겠습니다
무성한 잎 달고
그대 위한 꽃을 피우겠습니다
산새처럼 노래 불러
그대, 일어서게 하렵니다

모든 걸
그대 어깨 위에 맡기고
높은 소리로
그대를 부르겠습니다
그대 위한 노래
늦도록 부르겠습니다

　시문은 행간에 메시지를 숨긴다. 시를 읽는 다는 것은 행간을 읽는다는 말에 다름 아니다. 시행 뒤에 무수히 많은 의미를 내장하는 언어 예술이 시라고 할 때 드러난 시문의 뒤편을 들여다 보는 일은 독자의 즐거움이다. 「그대의 숲」은 연시로 읽히는 시이지만, 연시로만 읽으면 시가 단조로워지고 만다. 그건 시인의 의도가 아니다.
　'그대의 숲'은 시인의 시문학 세계일 것이다. 시문학 세계는 시인이 이루어 가야하는 필생의 세계이다. 노력으로 이룰 수 있는 세계가 아니다. 시간의 투자로 이룰 수 있는 세계도 아니다. 시세계는 영감으로 이루어진 세계다. 영감이 고갈되면 무너지는 세계인 것이다.
　숲을 풀어 푸른 씨앗을 묻겠다는 시적 화자의 말은 문학의 숲에 시로 자랄 푸른 영감을 불러오겠다는 의지로 읽어야 될 것이다. 창작의 동인이 되는 무의식적이고도 초자연적인 신비의 에너지를 주술처럼 불러들이겠다는 것이다.
　'푸른 씨앗'은 시의 종자이며 메시지를 현현하게 될 이미지의 근원일 것이다. '무성한 잎 달고/그대 위한 꽃을 피우겠다'는 열망은 시세계의 확장을 위한 고투에의 결의라고 읽힌다.
　'산새처럼 노래 불러/그대를 일어서게 하겠습니다'에 이르러 시인의 노래는 시세계 혹은 시인의 삶의 온전한 모상을 일어서게 하는 원동력으로 작용하게 될 것이다. 한 생을 일으켜 세우는 일은 시인에게 있어 시세계를 완성에 이르게 하는 일에 다름 아니다. 높은 소리로 부르는 '그대'는 시를 향한 절규이며 투신일 것이다.
　부름은 시적 자아의 달려감이며 문학적 떨림의 이입이다. '그대를 위한 노래/늦도록 부르겠'다는 고백은 시를 위한 헌신의 강력한 메시지다. 나는 이 시가 가열한 시정신의 표출로 읽히기를 바란다. 시인 또한 그럴 것이다.

죽음보다 더한 그리움을 보다

어느 해 겨울인가, 김 시인이 시경재를 다녀간 후 쓴 시 한 편이 있다. 졸시집 『바람의 등을 보았다』에 수록된 그 시의 마지막 연에 김 시인의 모습이 보인다.

'나는 계절을 기다리지 않았다 계절은 언제나 늦게 왔다 어제는 노년의 시인이 다녀갔다 붉은 접시의 단감 한쪽을 집는 손이 조심스럽게 말랐다 손이 먼저 청상을 알았는지 윤윤석의 아쟁산조에 가늘게 떨린다 그녀가 떠나가자 해가 산맥을 넘었다 언 호수가 소리를 닫은 지 며칠 째이다'

그 때 나는 조심스럽게 마른 작은 손 속에 참 많은 그리움이 숨어 있을 거라고 생각했었다. 그리움의 정조는 시인의 여러 시편에 마치 지문처럼 묻어 있었다. 죽음보다 더한 그리움이라고 노래한 시인이 있다. 그리움은 사랑의 원형질이다. 그 날 무엇으로 조심스럽게 마른 시인의 손에서 그리움을 읽었는지 기억나지 않는다. 다녀가고 나서 그리움의 본질을 생각했을 것이고 얼마나 사무치면 마음보다 손이 조심스럽게 말랐을까를 생각했을 것이다. 그 시제목이 「청상(淸賞)」이라 한 것을 보면 시인의 조심스럽게 마른 손에서 세상을 맑게 보려는 의도가 있었던 것인지도 모르겠다. 그리움이 진하게 묻어나는 시편은 「목련이 지고 있네」다. 목련은 세상을 떠나고 없는 사람에 대한 레퀴엠이지만 노래의 본질은 죽음보다 더한 그리움이다.

꽃가지 저리 환한데
너무 높아
끌어안지 못했네

기어이, 기어이 지고 있네
떨어져내리는 꽃잎

건배도 미뤄두고
꽃잎 부드러운 입술도 닿지 못하고
목련 지듯
어느 세상으로 가고 있는지
어디서 그 좋아하는 노래 부르고 있는지

한 낮이 지나도록
지는 꽃잎을
쓸어내지 못하는
소리칠 수 없는 아픔

바라볼수록 눈물 나는
꽃이여
꽃이여
　　　　　　　　　　－「목련이 지고 있네」 전문

　시편은 지는 목련꽃이 죽음의 상징임을 노래한다. 꽃자리 저리 환한 곳에 피어 있는 목련은 너무 높아 끌어안지 못해 안타까운데 기어이 지고 만다. 목련에는 하늘 오른 자에 대한 그리움이 투사되어 있어 슬픔이 출렁이기 시작한다. 첫 연과 둘째 연이 지는 목련꽃에 대한 안타까움이 도드라진다면 셋째 연은 목련 지듯 이 세상을 떠나 가고 있는 사람에 대한 그리움이 도드라진다. 그리움은 서서히 통증으로 바뀌어 간다. '건배도 미뤄두고/꽃잎 부드러운 입술도 닿지 못하고'라고 노래 한 것으로 보아 깊어가는 병을 이길 수 없는 상황이 도래하였음을 암시 한다. 마침내 목련 지듯 세상을 떠나고 영혼은 어느 하늘을 떠돌 것인지, '어디서 그 좋아하던 노래를 부르고 있는지'를 생각하면 가슴 미어지는 것이다. 죽음이란 그런 것이다. 안타깝고 슬프고 가슴 미어지고 숨 멎을 것 같은 하늘 무너지는 경험이다. 시간이 흐르면, 깊은 상실의 정서는 아주 느리게 돌아와 객관적인 시각으로 죽음을 보게 된다. 객관화된 정서가 곧 그리움이다. 그러나 이 때도 죽음은 깊은 상처이고 건드리면 덧나는 아픔이다.

넷째 연의 '한 낮이 지나도록/지는 꽃잎을/쓸어내지 못하는/소리 칠 수 없는 아픔'는 죽음의 기억이, 그리움의 깊이가 얼마나 깊은 지를 짐작케 한다. 기억을 지우지 못하고 고스란히 꺾어내는 고통을 '소리칠 수 없는 아픔'이라고 고백 하는 것이다. 마지막 연은 시적 구조로 보아 당연한 결구다. 바라볼수록 눈물 나는 꽃은, 그게 죽음의 상징이어서, 그리움의 대상이어서, 살아서는 다시 볼 수 없는 사람이어서 더 절절하다. 절절한 그리움의 시편은 더 있다.

봉오리 달고 있다 한들
필 수 없는 꽃
피는 듯 지는 것이
지금, 내가 사는 법이라면
누구 하나 버리는 것인가
누구 하나 잃는 것인가

그리움 붉어
끝없이 피어나도
움추린 채
닿지 못하는
깊은 영혼의 바람
　　　　　　－「필 수 없는 꽃」 부분……①

수평선 끝
붉은 햇덩이
물 속으로 숨어버리는데
뚝 떨어지는 가슴
임종처럼 허망합니다
이제는 볼 수 없는 얼굴
먼 수평선 걸어 올리러
달려가고 싶습니다

일몰이 지는 가슴 속
되돌릴 수 없는 아픔들이
붉게, 붉게 번지는 서녘 하늘
어두워지는 허공에 겹쳐지는 그대를
불러봅니다
                        ―「안면도에서」 전문……②

그대 떠난 봄 밤
푸른 달빛은
눈물의 시였습니다

봄비 속에
하얗게 지는 꽃잎도
눈물의 시

잠 못들어 뒤척이는
그리움도
눈물의 시였습니다
                        ―「눈물의 시」 전문……③

예시한 ①, ②, ③ 모두 절절한 그리움을 노래한 시편들이다. ①은 꽃
봉오리로 맺혀 있는 사랑의 혹은 그리움을 활짝 꽃피워보지 못하는 안타
까움을 노래하고 있다. 왜 활짝 꽃 피울 수 없는지는 독자의 몫이지만 피
지 못하는 꽃을 '피는 듯 지는'이라고, 그 것이 지금, 여기 현실 속에서 시
적 화자가 사는 법이라고, 그렇다면 피는 듯 지는 꽃은 '누구 하나 버리는
것'은 아닌지, 혹은 '누구 하나 잃는 것'은 아닌지 자책한다. 그리움이 붉
게 피어나도 그리움의 대상에 닿지 못하는 시인은 '깊은 영혼의 바람'인
것이다.

②에서는 임종처럼 허망한 일몰의 해를 더 오래 지켜보기 위해 수평선
을 걷어올리고 싶은 간절함이 첫 연을 이룬다. 그러나 일몰은 수평선으
로 지는 것이 아니라 화자의 가슴 속으로 지는 것이어서 그리움은 더 깊
고 절절해진다. '되돌릴 수 없는 아픔들이 /붉게, 붉게 번지는 서녘 하늘'

은 화자의 가슴이어서 더 서럽다. 일몰 후 어두워지는 허공은 허무 혹은 허망함의 상징이기도 하지만 현실적인 어둠의 시작이기도 하다. 그 허공에 그대의 얼굴을 띄우고 그대의 이름을 불러보는 것으로 죽음보다 더한 그리움을 달랠 수 있을까.

③은 상실과 별리를 견디는 눈물의 힘을 노래한 시편이다. 이 시는 한국의 전통적인 사랑시의 전형을 보인다. 한국의 전통적인 사랑 시는 '나 보기가 역겨워/가실 때에는/말 없이 고이 보내 드리우리다'라고 노래한 소월이나 '아아, 님은 갔지 마는/나는 님을 보내지 아니하였습니다'라고 노래한 한용운의 노래가 전형을 이룬다. 우리들의 고전적인 사랑은, 그대는 갔지만 내 가슴에 지금 이렇게 살아 있다는 부재하는 현존의 그리움이다. '그대 떠난 봄 밤/푸른 달빛은/눈물의 시였습니다//봄비 속에/하얗게 지는 꽃잎도/눈물의 시//잠 못들어 뒤척이는/그리움도/눈물의 시였습니다'라고 노래하는 시인에게 사랑은 전통적인 떠남과 남아 있음의 서러운 그림자에 다름 아니다. 시인에게 사랑은 이처럼 지순하다.

삶을 뒤돌아보는 시선과 자기 응시를 보다

서정시는 객체적인 것이라고도 주체적인 것이라고도 말 할 수 없다. 서정시가 외부 세계를 노래하지 않는다면, 내부 세계를 노래 할 수도 없다. 그러므로 서정시는 내면적/외면적, 또는 주체적/객체적이라는 대응은 의미가 없다. 다만 주체 속으로 향한 세계의 진입, 다시 말하면 주체적인 세계의 개진은 서정시 본질이라고 말 할 수 있다. 서정시 속에서의 나는 자아 동일성에서의 나라는 의미가 아니라 삶 속에서 매순간에 방황하고 흔들리는 나를 의미한다.

나이듦의 미덕은 미혹을 벗어나는데 있을 것이지만 시인은 늘 흔들리는 생 위에 자신의 시세계를 놓는다. 시인이 바라보는 세계는 깨달음의 세계가 아니라 미혹의 세계이며 미몽의 시계다. 미혹과 미몽은 그의 시를 끌고가는 원동력이라고 말해도 될 것이다. 그렇기는 하지만 미혹과 미몽의 강을 건너며 되돌아본 대안에는 회한처럼 시인의 지난 날들이 흑백으로 펼쳐진다.

마음 열어 기대고 싶은 날이 있다
빈들 같은 가슴
따뜻한 말이 그리울 때
나와 함께 늙어온 내 그림자
내 마음 알 수 있을까
몸 따라 마음 늙으면
그때나 평정 찾을 수 있을까
아직도 끝나지 않은 내 안의
바람 소리
얼마나 긴 시간을 보내야
가벼워질 수 있을까
마른 나이에도 끊임없이 밀려오는
그리움
아쉬움
그리고 기다림
모든 것은
마음이 일으키는
반란이란 걸 알면서
－「빈들 같은 가슴」 전문

누군가에게 기대고 싶은 날이 어찌 하루 이틀이겠는가. 따뜻한 말을 듣고 싶은 날이 어찌 하루 이틀이겠는가. 보고 싶은 얼굴이 어찌 한 둘이 겠는가. 삶의 문양이 저처럼 흐릿해졌는데 회한은 어찌 없겠는가. 그러나 기대고 싶어도 기댈 사람이 없다. 따뜻한 말을 건네줄 사람이 없다. 보고 싶은 얼굴은 어디서 무엇이 되어 떠돌고 있는지. 함께 늙어온 그림자는 마음을 읽어줄 수 있을까. 이제는 그림자조차 마음을 읽지 못하는 것은 아닌가라고 생각하면 문득 지나온 삶이 허망해진다.

혹 마음이 몸 따라 늙어지면 평정심을 찾을 수 있을까. '얼마나 긴 시간을 보내야 가벼워질 수 있을까.', '아직도 끝나지 않은 내 안의/바람 소리'는 언제쯤 조용해 질 것인가. 마른 나이에도 끊임없이 밀려오는 그리움이나 아쉬움, 기다림은 마음이 일으키는 반란이라는 걸 알면서도 반란에 속수무책 흔들리는 삶인 것이다.

성찰의 시간 다음에 자기 응시의 시간이 온다. 자기 응시는 내면에 타오르는 분노의 불꽃도 볼 수 있게 하고 용서도 불 수 있게 한다.

> 오늘은
> 꼭꼭 숨어버리고 싶은 날
> 보이는 것도
> 들리는 것도 없습니다
> 종일 먹지 않아도 배고프지 않은
> 불협화음의
> 지뢰밭은 걷는 하루
> 천국과 지옥이 따로 없습니다
> 누가
> 미운 마음 갖지 말라고 하셨습니까
> 여한 없이 지나 가련고고
> 안간힘 써 봐도 더 깊이 빠져드는
> 뿌리 깊은 노여움
> 앞뒤 좌우에서 도리질 합니다
> 이건 아닌데
> 숨을 곳을 찾아 헤매는 추운 날
> 돌고 돌아 온 자리가
> 바로 여기, 숨을 곳이 없더이다
> 거미줄에 걸린 날벌레 같은
> ―「무한궤도의 하루」 부분

이순(耳順)이라는 말은 귀가 순해져 세상의 모든 말을 들어줄 수 있다는 뜻이다. 세상사를 너그럽게 볼 수 있는 나이가 이순이다. 달관의 경지에 이른 나이다. 그런데 감정은 나이를 먹지 않는다. 시인의 감정은 나이와 무관하다. 이순과 상관없이 분노하고 절망하고 사랑하고 증오한다. 그것이 서정의 본질이다. 「무한궤도의 하루」는 나이처럼 늙어지지 않는, 시퍼렇게 살아있는 감정의 시편이다. 감정의 빛깔은 노여움과 증오심이다. 이 감정을 다스릴 수 없어 '꼭꼭 숨어버리고 싶은 날이고', '천국과 지옥이 따로 없는' 지뢰밭의 하루, 견디며 이건 아닌데 이건 아닌데 앞뒤 좌우로 도리질 치는 하루는 '숨을 곳을 찾아 헤매는 추운 날'이고 '돌고 돌아온 자리가/바로 여기, 숨을 곳' 없는 일상의 공간이다. 오늘 하루는 마치 '거미줄에 걸린 날벌레 같은' 하루다.

산다는 것이 거미줄에 걸린 날벌레 같은 날만 있는 것은 아니다. 조용히 자기의 삶을 되짚어보고 지나온 삶보다 훨씬 적게 남아 있는 나머지 삶을 생각하는 시간이 있게 마련이다.

파도치던 가슴도
그믐밤을 헤매던 방황도
다 가라앉으니
이제는
혼자 있는 시간의 자유
모자람에 이르는 길도
채움이라고
나이를 거듭하면서도
기쁨이 있다는 것을 알아가는 시간
내 생애사유 하나 더 얹으며
순수해지는 저녁
　　　　　—「내 생의 가을이 오는데」 부분

열정과 방황이 가라앉은 시간의 고즈넉함이 묻어나는 시편은 쓸쓸하다. 뜨거운 가슴이 있어 젊은 날은 찬란했던 거였다. 방황이 있어 젊은 날은 황홀했다. 찬란하고 황홀했던 불꽃이 사위어가는 시간의 애잔함이 시리게 파고드는 시편이기도하다. 들끓던 청춘들이 멀리 흘러가버리고 사랑하던 사람도 떠나고 보랏빛 어둠이 깔리는 시간 쯤에 비로서 '혼자 있는 시간의 자유'를 느끼지만 여기서 자유는 시간으로부터 놓여남이 아니라 시간에게 잡힘으로의 자유다. 일몰의 시간은 장엄하고 짧다. 그 짧은 시간을 위해 붉은 해는 하루 종일 달려왔던 것이다. 우리들의 삶도 크게 다르지 않다.

이 시편의 백미는 '모자람에 이르는 길도/채움이라고' 한 시행이다. 깨달음이 깊은 자가 말 할 수 있는 잠언이다. 모자람에 이르는 길이 채움이라는 잠언은 큰 울림으로 온다. 시인은 사유로 순수해지고 사유로 시세계가 빛난다.

직선의 시간관과 소멸하는 것들에 대한 처연함을 보다

문학에서 시간관은 과거, 현재, 미래로 연결되는 직선의 시간관과 봄, 여름, 가을, 겨울로 이어지는 순환의 시간관, 그리고 순간이 영원으로, 영원이 순간으로 오는 문학적 시간관이 있다. 김재분 시인의 시편에는 직선의 시간관이 주류를 이룬다. 직선의 시간관은 모든 사물들이 소멸에 이르는 실존의 시간관이다. 필연적으로 죽음의 문제를 화두로 삼는다. 세상의 모든 것은 변한다. 변하지 않는 게 있다면 그것은 시간의 참혹성이다. 시간은 세상 사물들을 소멸로 이끌어간다. 소멸의 과정은 참혹하고 안타깝다. 그것이 죽음이다.

「여름의 끝자락」은 직선의 시간을 드러낸 작품이다. 직선의 시간 위에 생을 관조하는 시인의 모습이 처연하기까지 하다.

새싹을 기다리고
꽃을 바라보는 기쁨으로
꽃밭은
아름다운 성이었다

장마와 폭염 지난 꽃밭은
약속하듯 앙다문 씨방들
영글어가고
휑한 꽃밭을 햇살이 위로 한다

비바람 아팠던 시간도
엮어두면 미소 되듯

여름 끝자락
세월의 산마루를 하나 또 넘는
여름이 지나고 있다
              —「여름 끝자락」 전문

    이 시에는 여름만 있는 것은 아니다. 첫 연에는 봄이 있고 둘째 연에는 가을이 보인다. 봄, 여름, 가을로 진행되는 시 속에는 직선으로 진행되는 시간이 있다. 여름의 끝자락을 통해서 계절이 지나가는 어느 지점을 노래하려는 것이지만 계절로서의 여름이 아니라 생의 여름을 노래하는 것으로 읽힌다. 생의 여름은 가장 왕성한 활동을 보이는 시기다. 계절로서의 여름이 그렇듯이 생의 왕성한 활동기에 사회적 역할이 커지고 야망이 실현되고 배반 당하고 배반하는가 하면 희망하고 절망하며 욕망하고 좌절하기도 한다. 인간으로 겪을 수 있는 모든 것을 겪는 때가 생의 여름이다. 「여름 끝자락」은 이처럼 알레고리가 있는 작품이며 계절의 흐름이라는 시간의 질주가 독자를 지배하는 작품이다.

    첫 연의 '꽃을 바라보는 기쁨으로/꽃밭은/아름다운 성이었'던 봄에서 자연스럽게 여름으로 진행되는 구조를 보이는 시편은 둘째 연에서 꽃 진 다음 '약속하듯 앙다문 씨방들/영글어'간다고 노래한다. 씨방들이 영글어 가는 횡한 꽃밭은 내려쬐는 늦여름 햇살이 커다란 위로였다.

    셋째 연에 이르러 시인의 관조가 그윽하다. '비바람 아팠던 시간도/엮어두면 미소 되듯'이라는 시행 뒤에는 고통을 견디고 극복한 사람의 초연함이 소슬하다. '여름의 끝자락/세월의 산마루를 하나 또 넘는/여름이 지나가고 있다'는 화자에게 세월은, 혹은 계절은 죽음으로 가는 도정에 다름 아니다. 죽음을 말하지 않고 죽음을 생각하게 하는 비범함이 돋보이는 시라고 말하고 싶다.

    이처럼 죽음을 말하지 않는데 죽음을 생각하게 하는 시편은 더 있다.

나이 든 가슴은
많은 색깔을 갖고 있는지

눈 쌓인 겨울에는
보랏빛 추억이 달려오고

꽃 피는 봄날에는
갈색 고독이 일어서고

초록이 싱그러운 날에는
붉어진 그리움이 밀려들어

피어나는 기쁨 속에
스러지는 슬픔을 함께 생각한다

보이는 것 모두를
가슴으로 바라보는 노년은
날마다, 날마다
눈물 어린 무지개가 뜬다
　　　　　－「눈물 어린 무지개가 뜬다」 전문

　이 시편의 미덕은 감정의 색깔을 감각적 이미지로 제시하고 있다는 점일 것이다. 겨울의 보랏빛 추억, 봄날의 갈색 고독, 여름날의 회색빛 그리움이 그것이다. 추억이나 고독, 혹은 그리움이라는 낡은 시어들이 살아나는 것은 그 앞에 배치한 시각적 이미지 때문이다. 보랏빛 추억, 갈색 고독, 회색빛 그리움이라는 정서의 시각화가 신선하고 감각적이다. 마지막 연에 이르러 가슴이 메인다. '보이는 것 모두를/가슴으로 바라보는 노년은' 가슴으로 바라볼 수 있어서 아름답고 슬프다. 가슴으로 바라보고 가슴으로 느끼고 가슴으로 말하는 나이의 행복한 서글픔을 '날마다, 날마다/눈물어린 무지개가 뜬다'고 노래 하는 시인의 옆 얼굴이 처연하게 빛난다. 무지개가 잠간 하늘에 걸려 황홀한 아름다움을 보이지만 그 아름다움은 찰나여서, 황홀하게 아름다웠던 생은 찰나여서 눈물 어릴 수밖에 없는 것이다.

에필로그

　시인과의 밀회를 끝낸다. 기대와 설레임으로 시작한 밀회였다. 시인의 내면을 훔쳐보는 일은 떨리는 일이었다. 떨면서 시집 원고를 읽었다. 떨림은 원고를 읽는 내내 여진처럼 왔다. 순수하다는 것의 아름다움, 진솔하다는 것의 긴 울림, 노년에 이른다는 것의 청상은 김 재분 시인의 미덕이다. 서정시가 갖는 압축미, 사물들이 불러오는 이미지의 선명함, 병치된 시적 대상들의 넘나듦, 치밀하게 계산된 율격은 읽는 내내 행복한 느낌을 갖게 했다.

　우리들은 보라동의 찻집 커피쌤에서 만나 향 짙은 커피를 마시며 시를 말했다. 시 쓰는 시간이 너무 행복하다는 김 시인의 표정은 더 할 수 없이 맑았다. 김 시인의 순수함이, 세상보기의 아름다움이 행복한 시 쓰기를 가능케 했을 거라고 생각한다. 행복한 시 쓰기가 시세계의 새로운 지평을 열어갈 것이다.

　언제나 따뜻하고 아름다운 사람이어서 자주 보지 못해도 늘 그 자리에 있을 것 같은 김 시인의 시세계가 더 풍요롭고 깊어질 것을 믿어 의심치 않는다.

그대의 미소가 꽃이 되는

| 초판 1쇄 발행일 | | 2014년 10월 20일 |
| 초판 2쇄 발행일 | | 2015년 12월 10일 |

지은이		김재분
펴낸이		정진이
편집장		김효은
편집/디자인		김진솔 우정민 박재원 김정주
마케팅		정찬용 정구형
영업관리		한선희 이선건 최재영
책임편집		김진솔
표지디자인		김진솔
인쇄처		으뜸사
펴낸곳		국학자료원 새미(주)

등록일 2005 03 15 제251002005000008호
서울시 강동구 성내동 44711 현영빌딩 2층
Tel 442-4623 Fax 6499-3082
www.kookhak.co.kr
kookhak2001@hanmail.net

| ISBN | | 978-89-5628-643-3 *03800 |
| 가격 | | 15,000원 |